www.tredition.de

AF197891

Roland Schunke

Liebe im Sommer

Nora

www.tredition.de

© 2018 Roland Schunke

Verlag und Druck: tredition GmbH, Hamburg

ISBN
Paperback: 978-3-7439-6459-4
Hardcover: 978-3-7439-6460-0
e-Book: 978-3-7439-6461-7

August

„Du bist mir in dieser einen Woche unter die Haut und ins Herz gekrochen und in den Kopf dazu. Weiß nicht, in wessen Nähe ich mich zuletzt so wohl gefühlt habe. Danke, dass du mich magst, wie ich bin. Tausend Küsse überall hin." schrieb Nora an Bernhard. Gibt es eine schönere Liebeserklärung? Vor etwas mehr als einer Woche, am 22. August, trafen sie sich auf einer privaten Veranstaltung. Er trat als Clown auf. Sie sie half dem Gastgeber bei der Bewirtung der Gäste. Bereits beim Ausladen seiner Garderobe fiel sie ihm in ihrem türkisfarbenen Kleid auf. Eine attraktive Frau, dunkelblond, blaugrüne Augen, und mit einer tollen Figur. Während der Veranstaltung, die bis in den frühen Nachmittag dauerte, trafen sich ihre unsere Augenpaare. Er zwinkerte ihr aus seiner Clowns-Maske schelmisch zu. Er wusste ja nicht, ob sie in Begleitung war. Unterhielten sie sich? So kann man das nicht nennen. Er bat sie nach seinem Auftritt charmeurhaft um ein Glas Sekt. „Hätten Sie vielleicht für mich auch ein Gläschen?" Sie brachte es ihm sichtlich gerne. Später bot sie ihm ein weiteres an. Zunächst verneinte er mit dem Hinweis, er müsse noch Auto fahren, nahm es dann aber doch gerne aus ihrer Hand an. Einer solchen Klassefrau konnte er das Dargebotene doch nicht ablehnen. Während der Mittagsstunden bohrten die Gedanken in ihm. „Soll ich sie ansprechen? Wie würde sie reagieren? Ihre Augen sprechen eine eindeutige Sprache." Er zögerte und unterließ eine weitere Annäherung. Er wollte sie nicht in Schwierigkeiten bringen. Da ich an Abend noch einen weiteren Auftritt hatte, bot sich auch keine weitere Gelegenheit. Vergessen konnte er sie aber nicht.

Am nächsten Morgen traf ich einen guten Bekannten, einen Kollegen, der mich für die Veranstaltung engagiert hatte, in meinem Büro. Schüchtern und vorsichtig wollte ich von ihm ein paar Einzelheiten wissen. Wie heißt sie? Alter? Alleine? Meine Frage wurden beantwortet: Nora, 49, ja. Kannst du Kontakt für mich aufnehmen, sie gefällt mir. Ich kann dir die Telefonnummer besorgen, den Kontakt musst du schon selbst herstellen. Verstehe. Ich dachte bis zum nächsten Tag warten zu müssen. Musste ich nicht. Bereits eine Stunde später hatte ich ihre Telefonnummer. Mein Kollege: Ich habe mit meiner Frau gesprochen. Sie meinte, ich sollte Nora anrufen und fragen, ob sie wünsche von dem Bassisten angerufen zu werden. Korrekt bis ins Mark. Ich habe mit ihr gesprochen, sie wartet auf deinen Anruf. Dann legte er mir einen Zettel auf den Tisch und wünschte mir viel Glück. Unschlüssig war ich nicht, nein, eher vorsichtig. Mein Kollege hatte mir von ihrer familiären Situation erzählt. Kinder hat sie. Zeitlich eingespannt. Da ich seit mehreren Jahren alleine lebe, keine weiteren familiären Verpflichtungen nachzugehen habe, und im Prinzip von einer Frau erwarte, dass sie alle Zeit für mich verfügbar sei, überlegte ich. Da sie mir aber so gut gefiel, sie sich in meiner Erinnerung positiv abgelegt hatte, wählte ich ihre Nummer und wartete. Die Sekunden verrannen, viermal klingelte es in meinem Ohr, dann vernahm ich ihre Stimme. Ich stellte mich vor und sprach meine Freude darüber aus, sie kennenlernen zu wollen. Sie meinte, sie würde sich auch freuen, von mir zu hören. Wir vereinbarten für den folgenden Mittwoch ein Treffen in einem Kaffee und tauschen unsere Telefonnummern aus. Wer nun glaubt, dass wir beide bis zum verabredeten Zeitpunkt Stillschweigen walten ließen, soll eines anderen belehrt werden. Bewahrten wir die gesellschaftliche Etikette des formalen SIE, offenbarte eine SMS vom 23.08., 15.20 Uhr bereits KNIGGE – Auflösungen. Lieber Max, freue mich sehr auf Mittwoch. Haben wir tatsächlich eine Verabredung? Die Schmetterlinge in meinen Bauch fliegen wie wild. Meine Antwort ließ nicht lange auf sich warten. Sie solle sie fliegen lassen, meinte ich, und fügte hinzu, dass wir keinem Traumgebilde hinterherliefen. Als ich meine Arbeit beendet hatte, teilte ich ihr mit, dass ich nach Hause führe und gab ihr meine Telefonnummer, nur wegen der Schmetterlinge. Sie zog es vor, mit ihrem Hund und den kleinen Tierchen auf einem Spaziergang frische Luft zu schöpfen. Sicher dachte sie am Rand grüner Wiesen über das, was ihr widerfahren war, nach. Um 20:36 summte mein Telefon. Hallo Herr Schmetterlingsexperte. Auch frische Luft und Bewegung bringen keine Ruhe in den Bauch. Fühlt sich schön an, denke an den Verursacher. Dem Verursacher, also mir, ging es ähnlich. Schlug vor, ihr ein passendes Lied zu singen: Butterfly von Daniel Gerard. Am nächsten Tag erkundigte sie sich nach meinem Herzen. Sie fragte: Was macht dein Herz? Im Prinzip macht ja ein Herz, was es soll, nämlich schlagen und Blut durch die Adern pumpen. In gefühlsüberlagerten Lebensphasen treibt es Kapriolen, es forciert den Rhythmus, es scheint im Körper zu wandern, zumindest hatte ich das Gefühl, es würde in der Nähe meines Adamsapfels angekommen sein, wenngleich mir wenig später meine Innereien in der Magengegend vorgaukelten, Ort meines Herzens zu sein. Ihre Frage beantworte ich mit der Bemerkung: OH JE, es warnt mich - vor den Frauen. War doch alles im Lot. Ruhe dahin. Oh wie schade. Womit habe ich dich erschreckt? Mein Herz freut sich auf Morgen und mag ein wenig Gefahr. Ja eben. Und ich will dich mehr mit Haut als mit Haaren. So viel zum Thema Gefahr. Könnte dir morgen meine Briefmarkensammlung zeigen – die ich nicht habe. GEFAHR! Bis zu unserem ersten Treffen tauschten wir, wie alle Verliebten, bei Licht und Verstand betrachtet, alberne Zärtlichkeiten aus. Guten Morgen, liebe Nora. Butterflys? Nein? Dann werde ich dich jetzt in den Arm nehmen und an mich drücken. Besser? - Eher schlimmer. - Mir geht es so lala. Bin durcheinander. Würde dich jetzt gerne küssen. -Wieso durcheinander? Traust du deinem Herzen nicht? Es kann uns nichts passieren, selbst wenn wir uns geirrt haben, die schönen Gefühle sind es wert. Na los, küss mich! - Zum Küssen wünschte ich ein einsames Plätzchen. Habe etwas Sehnsucht. – Wundere mich bei mir auch darüber, dass ich eine Art Sehnsucht habe. Kenne ich doch kaum. Freu mich immer noch, wobei ich etwas unsicher bin, so ohne türkisfarbenes Kleid! – Don't worry. Ob Kleid oder nicht, jetzt soll es kribbeln, ist doch egal, was du ablegst. – Freu mich immer noch. Wir waren beide pünktlich an unserem vereinbarten Treffpunkt. Anstelle eines Kaffees tranken wir, der äußeren und inneren Wärme Wasser und Apfelsaftschorle. Nach nur wenigen Sekunden bestätigten sich ihre Schmetterlingsgefühle und mein, es müssen größere Tiere gewesen sein, vielleicht Bären, Magenbrummen.

„Na na, lass mal mich aus dem Spiel, du Verliebter." Ach, mein Bär. Was weißt du denn schon wieder? Was weißt du denn schon wieder, äffte er mich nach. Meinst du, ich habe von deinem Gefühlszustand nichts mitbekommen. Als hättest du Ameisen in den Adern, trieb es dich von einem Platz zum nächsten in deiner Wohnung. Hinlegen, Augen zu, aufstehen, zum Fenster, Handy, noch keine Nachricht, Kaffee, Brot mit Schinken, Wasser, ein Glas Wein, Joghurt, Salzstangen, wieder Hinlegen und alles von vorne. War es so schlimm? Was heißt war? Es ist. Ich kenne dich ja schon lange, aber so zappelig habe ich dich schon lange nicht mehr gesehen. Ach, Jackie, wenn DU wüstest? ICH weiß! Was weißt du? Max, ich bin DEIN BÄR! Und BÄREN wissen ALLES! Du bist verliebt, du bist bis über alle Ohren in deine Herzdame verliebt. Mein Bär hatte Recht. Ich erlebte schön leidend und schmerzhaft wohltuend einen Zustand, den ich nur so beschreiben kann: VERLIEBT. Im Café wurde es unerträglich, in unserem Alter küsst man sich nicht auf einem Marktplatz. Im Stadtpark stellten wir ihr Auto ab, liefen Hand in Hand, redend, den größten Anteil hatte ich, das sollte sich später zu ihren Gunsten verändern, uns umarmend, weiter laufend, küssend, nur unserem Gefühl folgend mehrere Wege entlang mit dem Ergebnis, dass wir uns, als wir ihr Auto suchten, merkten, orientierungslos in der Irre befanden. Wir waren so mit uns und unseren erhitzten, der Welt abgewendeten Gemütern beschäftigt, dass es einiger Anstrengung bedurfte, ihren Wagen zu finden. Als wir ihn fanden, fuhren wir zu mir. Was waren unsere Themen? Sie ist allein erziehend, drei Kinder, eine Familie also. Kein Problem. Sie hat einen Hund – kein Problem, sie hat zwei Katzen – kein Problem, sie hat ein Haus – kein Problem. „Kein Problem?" Jackie, was ist? Ich stelle gerade fest, dass du mit Lebenssachverhalten keine Problem zu haben scheinst, die dir in deinen bisherigen Versuchen partnerschaftlicher Art durchaus problematisch vorkamen. Hat es dich so erwischt? Männer! Ach Jackie, du weißt doch, wie es mir geht. Diese Frau ist ein Traum. Sie ist blond und hat blaue Augen und sie strahlte mich in Mädchenart mit einem glücklichen Prinzessinnenlächeln an. Wann? Wann, als sie in meinen Armen lag. Wo? Jackie, das geht niemanden etwas an. Und du schweigst! Ehrenwort! Außerdem, warum fragst du, du warst doch anwesend oder? Als der Naseweis den Namen des Ortes triumphierend ausbrummen wollte, genügte ein energisches JACKIE, um ihn von seinem vorlauten Geplapper abzuhalten. Sie ist eine tolle Frau. Sie hat eine Haut so weich wie ein Kinderpopo, sie hat eine tolle Figur und als wir uns aneinander schmiegten, Haut an Haut, spürte ich ihre wohlgeformten Rundungen, groß, weich, zart, erogen. Wahnsinn! Als wir vor ihrem Abschied in der Küche unser erstes Glas Prosecco zu uns nahmen, erfreuten mich ihre Glückstränen. Wir kannten uns kaum und trotzdem empfanden wir beide Nähe und Vertrautheit. Zum Abschied sagte ich ihr, dass ich sie lieb habe. Nicht nur meinem Herzen folgte ich, auch mein Verstand gebot mir, mich derart zu äußern. Kann ein Mensch mit der Ratio lieben? Ich weiß es nicht. Grundsätzlich wird die Liebe dem Herzen zugeschrieben, jedoch soll der Verstand nicht unbeteiligt außen vor stehen. Bereits Friedrich Schiller zollte diesem Umstand Rechnung. Herzen binden sich aneinander, aber der Verstand prüft. Am vierten Tag einer Bekanntschaft ist es nicht möglich, einen Menschen gänzlich zu erfassen, aber nach einer solch kurzen Zeitspanne, in der unsere Herzen gleichmäßig, wenn auch auf hohem Niveau, den Takt hielten, können viele unbekannte gestellt werden, Antworten abgewogen oder verworfen werden. Nur eines wird dieses Zueinander -Tasten nicht in Frage stellen: Das Gefühl des Glücks durch Liebe. Ja Liebe. Beide, fühlten wir, waren wir überwältigt. Glaubten wir an diese vom Schicksal dargebotene Gabe? Wir zögerten beide, schmerzlich erfuhren wir in unseren Vorjahren wie sehr die Gefühle eines heißen Moments wie Seifenblasen zerplatzen können, wie einem kurzen Wahn lange Reue folgern kann. Wir bewilligten uns, das

Mögliche zu träumen und gewährten unseren Herzen Freilauf. Sollte geschehen, was uns beschieden sei. Ich brachte sie zu ihrem Auto, wünschte Gewissheit über ein weiteres Treffen, bedrängte sie, wegen des wann und wo. „Wir werden sehen." Als sie zu Hause war rief sie kurz an und vertröstete mich mit dem Hinweis auf Chaotisches auf eine spätere Zeit am Abend. Da die unbestechliche Zeit, gerne hätte ich den Zeiger der Uhr der Zukunft zugedreht, nicht verstreichen wollte, sann ich über unsere nachmittäglichen Themen nach. Sie erzählte mir von ihrem größten Lebensschmerz, ihrer behinderten Tochter. Zunächst zögerte sie, auf mein Zureden hin öffnete sie sie sich mir. „Sie ist schwerstbehindert." Ich verspürte, wie sehr sie sich überwinden musste, mir das zu offenbaren. Ich trat vor sie, schaute ihr in die Augen, nahm ihr Gesicht, an den Wangen gefast, in beide Hände, küsste zärtlich ihre nervösen Lippen, und meinte, und das ohne berechnenden Gedanken: Es ist wie es ist! Und: Mit meiner Musik werde ich deiner Tochter Freude bereiten können. „Sie liebt Musik!" Dann erzählte ich ihr von meiner Tochter, die am zweiten Tag ihres jungen Lebens einen künstlichen Darmausgang gelegt bekam, weil ihr Dickdarm verklebt war. Über ein halbes Jahr lang lebten wir in Ungewissheit. Würde dieser kleine Wurm eine Lebenschance erhalten? Dann wurde der Ausgang zurückverlegt, denn unsere Tochter nahm nicht zu, Erneutes Bangen. Die Operation glückte, unsere Tochter wird bald zweiunddreißig Jahre alt. Ich erzählte von meiner Tochter Ilka, die ich fünfundzwanzig Jahre nicht sah und dann vom Schicksal als schönstes Geschenk zurück bekam. Ein ähnliches Geschenk durfte auch sie erfahren, nämlich die Rückkehr ihres nach der Trennung beim Vater verbliebenen Sohns, der sich nach sieben langen Jahren zurückmeldete. Wer das Herz einer Mutter kennt, weiß, dass die Wehen der Geburt eines Kindes nichts sind im Verhältnis zu jenem unsäglichen Schmerz, den eine Mutter bei dessen Verlust, stets neu und tränenreich erleidet. Wie sollte ich also kein Verständnis für ihre Situation haben können? Während sie bei mir war, ich vergaß dies zu erwähnen, vernahm ich ein tiefes inneres Bedürfnis, trotz aller Unabhängigkeit und der Fähigkeit, das eigene Leben stets gemeistert zu haben, dass sie es als sehr schön empfinde, eine Feier von Freundinnen oder Freunden mit einem Partner zu besuchen können. Sie erzählte von einem Paar, das auf einer Hochzeitsfeier vermeintlich wenig miteinander zu tun zu haben schien. Als aber die Frau ihren Mann zärtlich am Oberarm fasste, ihm in die Augen sah, und ihm herzlich eine Zärtlichkeit zuflüsterte, sei ihr klar geworden, dass sie sich irgendwie allein fühlte. Als wir zusammen neben einander lagen, änderte sich ihr

Küssen. Zunächst berührten sich nur unsere Lippen, dann neckten sich unsere Zungenspitzen mit leicht geöffnetem Mund, gefolgt von weit aufgerissen Mündern, die alles, was sich bot, gierig und genussvoll aufsaugten. Keine wilde Begierde, liebevolle Zweisamkeit. „Ich habe mich neben dir wohl gefühlt und nehme dich jetzt mit ins Bett.", sagte sie mir am Ende unseres abendlichen Telefongesprächs, nach unserem ersten Treffen. Ihr fehlte der Glaube an die Situation, an das ihr Geschenkte nicht, vor allem aber, warum ein so toller Mann, ein so interessanter Mann, ein so charmanter Mann, sie meinte damit mich, noch keine Frau gefunden hätte, die Frauen müssten doch bei mir Schlange stehen. Verlegen erklärte ich ihr, dass es bisher nicht gepasst hätte. Als ich ihr erklärte, dass manche an mir hingen, wie ein klebriges Bonbon, manche zu jung gewesen wären, andere wiederum mich verändern wollten, zeigte sie sich ein wenig irritiert . „So genau will ich das jetzt auch nicht wissen." So sind die Frauen. Erst fragen sie nach dem WARUM, und wenn sie den Grund erfahren, sind sie beleidigt, verletzt oder auf vergangene Freuden eifersüchtig. Gerührt fügte sie nach einer Sinnenpause an, dass ich mir gut überlegen müsse, ob ich mir ihr ganzes Drum-herum antun will, sie hätte ein enges zeitliches Korsett, ihre Kinder ließen wenig Spielraum. Was sollte ich antworten, damit sie es nicht als

Anschmeicheln verstehen würde? Männern wird ja nachgesagt, ihrer sexuellen Begierde wegen alles zu versprechen, was die begehrte Frau zu hören wünscht. Ich setzte meine Worte mit Bedacht. „Deine Kinder haben oberste Priorität, erst kommen sie, dann ich. Keine Diskussion. Wenn du deine Kinder wegen mir vernachlässigen würdest, wollte ich nichts von dir wissen." Sie glaubte meinen Worten und tat gut daran. Ich meinte es aufrichtig vor allem, weil es in unserer kurzen Beziehung nur eine wichtige Person geben kann: Ihren elfjährigen Sohn. Diesem gebührt meine Wertschätzung, wegen ihm bedenke ich mein Handeln ihr gegenüber in ganz besonderem Maße, denn er darf nicht verletzt werden. Zum Abschied bereitete sie mir eine große Freude: „Ich trage dich in mir." Welch große Worte. Ihrer Tränen am Nachmittag wegen glaubte ich ihr. Was ich ihr nicht erzählte, auch später nicht, dass ich ein Gebet sprach, in dem ich um Kraft für mich bat und darum, dass meine Gefühle nicht wie schon oft, wie Seifenblasen im Nichts verschwinden. Der nächste Morgen begann mit einem regen Austausch per SMS. Geliebte Nora, du bist eine tolle Frau. Bin sehr glücklich. Deine Nähe habe ich heute Nacht gefühlt. - Das ist aber ein schöner Start in den Tag. Ich bin auch glücklich. Bis später. Kuss. – Morgen kommt eine Überraschung. Keine Sorge, nicht ich! - Wäre aber die schönste Überraschung! Ich hatte einen Blumenstrauß für sie über einen Internetdienst bestellt. Als Anhang einen kleinen Bären mit rotem Herzen. Und ich schrieb ihr einen Brief.

Brief vom 26.08.

Liebste Nora

jetzt mache ich das, was unsere Altvorderen taten, wenn sie sich fern waren und ihnen der Sinn nach Übermittlung von Streicheleinheiten stand: Ich schreibe einen Brief.
Allerdings bediene ich mich eines modernen Mittels, da ich mir nicht sicher sein kann, dass du meine Schrift entziffern kannst.

Was möchte ich dir schreiben? Mir fiele vieles ein, ich könnte den gestrigen Tag in seiner Gänze Revue passieren lassen, das erste Kennenlernen, unseren Spaziergang, unser erstes gemeinsames Glas Prosecco. Ich möchte dich aber nicht langweilen.

Also was schreibe ich? Ich erzähle dir etwas über meine Empfindungen.

Ich danke dem Schicksal, vielleicht auch Gott Amor, dass es im rechten Moment einen Pfeil abgeschossen hat, dessen amouröse Spitze uns beide zusammen geführt hat.

In den Gedanken an dich fühle ich mich wohl, auch wenn ein gewisses Flattern eines großen Tieres in meinem Inneren für mächtig Unruhe sorgt. Sicher spielt auch in den ersten Tagen eine gewisse Unsicherheit eine Rolle, denn wer weiß, was geschieht. Du sprachst gestern von Vertrauen. Ich kann nur für mich sprechen, ich habe Vertrauen zu dir und freue mich auf die vor uns liegende Zeit.

Dir wird es ähnlich gehen: Als ich heute Morgen zu meinem Auto ging, musste ich mehrfach meinen Kopf schütteln, um die Gedanken ‚Ist das wirklich gestern geschehen? Hast du diese tolle Frau getroffen? Und die mag dich auch ganz dolle?' in die richtigen Hirnzellen zu schleudern, in jene nämlich, die dem Verstand und dem Herzen ein lautes JA zurufen.

JA, es ist wahr, JA, es gibt dich, JA, ich will dich, und JA: ich hab dich lieb.

Dein (darf ich das mal so sagen?)

Ich muss mich zurücknehmen. Wie oft habe ich mich geöffnet, alle Gefühle gereicht und meine Seele geöffnet, und wie oft bin ich auf die Nase gefallen. Obwohl es mir immer wieder gelungen ist, einmal mehr aufzustehen, als ich gefallen bin, könnte es durchaus sein, dass ich eines Tages liegen bleibe. Das darf nicht passieren, auch möchte ich sie nicht verletzen. Sollten wir uns irren, dann möchte ich, dass wir aufrecht auseinander gehen können. Ich denke an sie. Sie hat alles, was eine Frau ausmacht. Sinnlichkeit, Erotik, Intelligenz und ‚Rundungen'. Oh, wie ich sie mag. Ich kann sie ein paar Tage nicht sehen, eine harte Prüfung. Die Frage nach dem Glück stellt sich immer wieder. Ist sie glücklich? Sind ihre Schmetterlinge echt? Oder entstammen sie dem allen Menschen innewohnenden Wunsch, anerkannt und geliebt zu werden? Auch ich finde mich glücklich, bin verliebt und aufgewühlt wie ein Jüngling. Ich werde mich beruhigen müssen. Am 26.08. fuhr ich abends zu ihr. Wir sind mit ihrem nicht ganz reinrassigen Berner Sennhund eine Stunde spazieren gegangen. Nur in unbeobachteten Momenten streiften sich die kleinen Finger unserer Hände. Wir hätten mehr haben wollen, aber in einem kleinen Dorf, in dem jeder sie kennt, waltete Zurückhaltung. Als wir zurückkamen zeigte sie mir ihren Garten. Ich sah Arbeit. Sie zeigte mir ihr Haus. Auch Arbeit. Dann führte sie mich in ihren Keller. Ich wiederhole mich nicht. Bisher hatte ich mich noch nicht mit Gedanken zur Chaostheorie befasst. Beim Anblick eines Raumes in ihrem Keller, der gänzlich vollgestopft war mit ungeordnet umherliegendem und stehendem Brauch- und Unbrauchbarem fiel mir ein, dass die Erfolge der Chaosforschung im Wesentlichen in der Entdeckung bestimmter universeller Strukturen und Prinzipien im scheinbar regellosen Verhalten chaotischer Systeme gesehen werden. Bei aller Wissenschaftlichkeit: Ein System wollte sich mir nicht erschließen. Eine Notwendigkeit wohl schon: Hier muss aufgeräumt werden! Aber, was ging das mich an. Sie dachte wohl, ich würde in Anbetracht ihrer familiären Situation, ihres chaotischen häuslichen Umfelds einknicken. Nora, ich will dich als Frau, da muss ich auch an deinem Leben teilhaben wollen. Ich weiß, dass du mich – auch als Mann – sehr glücklich machen wirst. Und ich gebe mir alle Mühe, dass ich dich als Frau sehr glücklich machen werde. Das reale Leben wird uns seine Prüfungen abfordern. Stellen wir uns. 26.08. 19.33. Die Traumfrau wünscht sich, dass sie außer zum Träumen auch fürs wirkliche Leben mit dir taugt. Denk an dich. Kuss, Nora. – Das passt schon. – Jetzt habe ich in Ruhe gelesen. Tauge ich für dein reales Leben, könnte ich fragen. Wie in einem gerichtlichen Vergleich werden wir uns aufeinander zubewegen müssen.

Ich freue mich auf den Weg mit dir. Heute hat sie zum ersten Mal ‚Mein Schatz' gesagt. Das heißt nichts, oder? Eine Floskel? Eingeübtes? Abends telefonierten wir miteinander. Die kommende Nacht will sie bei mir übernachten. Am nächsten Tag kaufte ich für sie ein Zahnbürste und Zutaten für die Zubereitung eines Shrimps Cocktails. Liebe Nora, ich mache mir Gedanken darüber, ob ich deinem Leben gewachsen bin. Du hast ein Haus, ich wünschte mir oft wieder eines. In der Zeit meines Alleinseins, die einzige Zeit meines Lebens, die ich in einer Mietwohnung verbrachte, habe ich mich oft gefragt, ob mich mein Haus, mein Beisitz glücklich gemacht hat? Nein. Für dich und deine Familie ist es wichtig. Gut. Ich werde mich bemühen. Ich weiß, dass die Zeit für solche Gedanken noch nicht gekommen wird, aber ein Nachdenklicher wie ich kann nicht anders. Übrigens, dein Klavier müsste gestimmt werden. Als wir zusammen musizierten, ich spielte und du sangst, sah uns dein jüngster Sohn zu. Er mag Musik. 26.08., 23:00. Liebe Nora, ich liege im Bett und fühle dich neben mir. Ich will dich, mit allem, was dich umgibt. Und frag nicht mehr, ich will dein sein. Bis Mitternacht telefonierten wir. Sie meinte sich entschuldigen zu müssen, sie wäre am Nachmittag abweisend gewesen. Ich empfand dies nicht so. Ich sagte ihr, dass es völlig normal sei, dass wir beide noch nicht so recht wüssten, wie uns geschieht. Nora, es ist alles gut. 27.08., 6:58. Guten Morgen, mein Liebling. Ich wünsche dir wärmende Gedanken, streichle deinen Po und küsse deinen Nacken. – Auch guten Morgen. Das Telefonat mit dir heute Nacht hat mich so gut schlafen lassen. Hoffe, du bist nicht zu müde. Kuss.- Mir geht es gut, wenn es dir gut geht. Einen Kuss, wo immer du ihn haben willst. Das ‚Chaos' drängt sich vor. Werde ich in der Lage sein, dieses zu ertragen? Ich werde mich beobachten. Ach, ich habe sie so lieb. Sie fühlt sich so gut an. Wenn sie mich mit ihren schönen zarten Händen streichelt, schöne und gepflegte Hände sind für mich die Visitenkarte einer Frau, reagiert meine Haut. Ich empfinde ihre Berührung als absolut wohltuend, manchmal auch beruhigend, meist erregend schön. 27.08. 14.29. Du bist mein süßes Schmuckstück. Einfach zum Anknabbern. – Und du sagst so schöne Sachen. Hm- Bin sehr verliebt in dich. –Ich bin es auch. Und wie. Als wärst zu in mir drin. Am Nächsten Abend sollte es umgekehrt sein. Ich hatte Karten für die KLAPSMÜHL besorgt. Das Programm: Haie küsst man nicht. Es gefiel dir gut. Auf dem Hinweg hattest du dich verfahren. Du wolltest zu mir kommen. Zwar nicht hilflos, aber doch reichlich nervös, hast du am Heinrich-Glück-Platz gewartet. Ich habe dich dort abgeholt. Im Anschluss fuhren wir zu mir. Wir tranken unseren ersten gemeinsamen Rotwein, schauten uns während des Anstoßens und des ersten Schlucks unentwegt in die Augen. Kluge Menschen sollen gesagt haben, dass Paare, die sich bei derartigen Anlässen nicht in die Augen sähen, sieben Jahre schlechten Sex hätten. Es wird festzustellen sein, dass die Einhaltung dieser Regel zumindest nicht schaden kann. Als wir eine Kleinigkeit gegessen hatten, Shrimps-Cocktail mit Toastbrot, tauschten wir auf meinem Bett Zärtlichkeiten aus. Wir streichelten und küssten uns, deine Reaktion beglückte mich, du hattest ein besonderes Gefühl. Zum ersten Mal war ich in dir, aber leider blockierte eine innere Stimmung besseres Gelingen. Ich bat dich um Geduld. Du sagtest mir, dass ich dir einen wunderschönen Moment bereitet hätte. Wir redeten nicht weiter darüber. Ich weiß aber, dass du nicht zufrieden sein wirst, wenn ich keinen Gewinn habe. Und ich weiß, dass du keine Verhütungsmittel nimmst, und ich weiß, dass Kondome mir jeden Spaß verderben. Nora, ich werde mich sterilisieren lassen. Heute Nacht habe ich dich mehrfach angesehen. Du bist eine schöne Frau. Du gefällst mir. Um 4:00 Uhr stand ich auf und wollte mich aufs Sofa legen. „Wo gehst du hin?" „Ich möchte dir den Platz nicht nehmen" Das entsprach nicht ganz der Wahrheit, ich wollte eine andere Liegestatt aufsuchen, weil mir der Platz zu eng war. „Komm zurück." Ich kam zurück und legte mich neben sie. Ihre Haut fühlt sich gut an. Sie fühlt sich gut an. Ich habe dich sehr lieb. Am nächsten Morgen musstest du deinen Sohn abholen. Nach dem Frühstück haben wir uns verabschiedet. 10:30 Uhr, eine Woche später. Am 22.08., 10:30 Uhr sahen wir uns zum ersten Mal. Noch ein paar SMs zum Beweis unserer Zugehörigkeit. 27.08..18:45 Uhr. (Ich) Ich drück dich. – Du tust mir so gut. – Das soll auch so bleiben. Habe dich schon lange nicht mehr gesehen. Erkenn ich dich noch? – Laufe wie auf Wolken. Habe mit dem Chor auf der Hochzeit gesungen. Es hat Spaß gemacht. Kuss. Cora. – Kann in Mannheim bleiben. Muss morgen früh um 09.00 Uhr weg. Gibt es im Leben Zufälle? Auf einer Streichholzschachtel, die sie zum Anzünden einer Kerze einer meiner Vitrinen - Schubladen entnahm, stand: Ein NORA –Produkt. Zufall? Da ich dieser Begebenheit keine weitere Bedeutung zumessen möchte, da sich irgendwelche Entscheidungen hieraus nicht ableiten lassen. Ich weiß nicht, warum oder woher ich diese Streichhölzer habe. Sicher habe ich sie irgendwo in einem Lokal eingesteckt, aber hieraus mehr als nur zufälliges Geschehen zu erkennen, vermag ich nicht zu konstruieren. Vielleicht liegt es am Alter oder an der Lebenserfahrung, beide haben im Laufe meines Lebens zugenommen, wenig berauschend was die Lebensjahre betrifft, dass der ältere Mensch aufgrund seiner empirischen Lebenseingebundenheit Zusammenhänge zwischen verschiedenen Erlebnissen herstellt. Es liegt aber auch daran, dass wir modernen Bewohner einer globalen Welt den Sinn für mystisches verloren haben und wir zu sehr und zu oft nach mathematischen Beweisen suchen. Gehen wir an den der Geschichte Anfang zurück. Ich erzählte bereits, dass wir uns am 22.08. kennenlernten. Dies alleine hält sogar meine Schicksalsgläubigkeit in Schranken. Jedoch, wenn ich ihnen erzähle, wie dieses Treffen zustande kam, werden sie mit mir einer Meinung sein. Belassen wir es fürs erste beim Zufall. Drei Tage vor dem Veranstaltungstermin fragte mich der Ehemann der Nichte des Geburtstagskindes, ob es mir möglich sei, anlässlich der Feier drei Stunden zu musizieren. „Das ist aber ganz schon kurzfristig. Ich wollte eigentlich ein Radrennen fahren. Aber ich kann auch noch eine Woche später ein Rennen bestreiten. Ich rufe meine Kollegen an und sage dir Bescheid." Musiker haben ja immer irgendeine Verpflichtung, da kann man nicht sicher sein, eine Formation zusammen stellen zu können. Auch mein Hinweis auf meine sportlichen Ambitionen diente nicht der Erhöhung der Gage. Ich hatte mich tatsächlich kurzfristig entschlossen, in Wörth bei Karlsruhe ein Rundstreckenrennen zu fahren. Es sollte mein erstes Rennen in diesem Jahr sein. Aber die Musik hatte schon immer Vorrang vor

Anderem. Es gab Zeiten, da wäre ich froh gewesen, an einem Abend fünfzig Euro zu verdienen. Ich rechne nicht auf, aber wenn mich jemand fragt, ob ich spielen könne und ich habe kein anderes Engagement finde ich schlecht Gründe für eine Absage. Unser Saxophonist hatte Zeit, seinen Sohn wollte er mitbringen. Er spielt für seine jungen Jahre sehr gut Gitarre, auch ist er harmonisch gut ausgebildet, was bei unserer Musik, Jazz und Swing notwendig ist. . Donnerstags Nachmittag konnte ich meinem Kollegen unsere Spielfähigkeit mitteilen. Etwa zur gleichen Zeit, als ich befragt wurde, hatte die Frau meines Kollegen Nora angerufen und gebeten, ihr bei der Bewirtung der Gäste zu helfen, Häppchen richten und Getränke ausgeben. Es war ihr sicher kein besonderes Bedürfnis, ihre Arbeitskraft anzudienen, aber, später lachten wir darüber, dass die im Sternzeichen der Fische Geborenen, und wir beide sind Fische, schlechterdings nicht nein sagen können. Und so trafen wir uns am 22.08. um 10:30 Uhr. Zufall? Schicksal? Ich hadere mit mir. Würde ich der Schicksalhaftigkeit unseres Daseins das Wort reden, gestände ich ein, an etwas die Welt beherrschendes, vielleicht sogar an etwas Göttliches zu glauben. Würde ich die Geschehnisse als zufällig zusammentreffend bezeichnen, fehlte der weiteren Geschichte, unserer Liebe, die metaphysische Dimension. Was wäre die Liebe, würde sie nur als ein Anhäufen und Vermischen von Hormonen dargestellt? Was wäre die Zuneigung zu einem anderen Menschen, würde sie lediglich nach mathematischen Vorgaben berechnet? Hat ein Haus? Ja – nein. Ist gebildet: ja – nein. Sieht gut aus: ja-nein. Verdient gut: ja – nein. Zugegeben, derartige Kriterien sind mir nicht fremd. Nur leider führten meine Versuche in der Vergangenheit nicht zum Erfolg. Noch so viele JA konnten keine Gefühle zaubern. Schillers Worte aus der Glocke sollten Maßstab sein: Drum prüfe wer sich ewig bindet, ob sich das Herz zum Herzen findet. Nur wenn sich die Herzen finden, gedeiht die Liebe. Unsere Wege kreuzten sich, gleichwohl wer seine Hände im Spiel hatte oder wer die Fäden zog, welcher Schicksalsgott uns mit seinen Pfeilen traf: Unsere Herzen fanden zueinander und verwoben sich. Das Schicksal erfüllte seinen Teil, es zeigte uns einen möglichen Weg. Nun lag es an uns beiden, diesen zu erkennen, zu verinnerlichen, zu bedenken und die notwendige Entscheidung zu treffen und mit einem klaren und eindeutigen JA eine spannende und ungewisse Reise anzutreten, eine Reise zueinander, miteinander, füreinander und ineinander. Noch ist dieses JA zögerlich verflochten mit einem kleinen ‚aber‘, denn was ist schon eine Woche im Angesicht der Ewigkeit.

29.08. 12:23 Uhr. Dir auch einen schönen Tag. Es ist ziemlich kalt. Hatte mein Versicherungsgespräch. Gehe jetzt mit meinem Sohn zum Fußballspiel. Übrigens: So ein leckeres Frühstück nehme ich gerne demnächst nochmal. Kuss. 18:16 Uhr. Ganz schlechten Fußball gesehen. Oh, je. Jetzt werde ich noch mal mit dem Hund laufen und dann ausnahmsweise Fernsehen. Fühle mich schön wohlig kuschelmüde und wird' mir heut auf dem Sofa den Tatort anschauen. Wie geht's dir? Umarme dich.- Am Abend telefonierten wir. Wir sprachen über meine neue Küche und die Farbe meines Schlafzimmers. Es soll ihr ja auch gefallen. Ich entschied mich für weiß. Auf einem Dielenfußboden sieht das bestimmt sehr gut aus. Die Wand hinter dem Bett werde ich purpurrot streichen. Das engt den farblichen Spielraum für die Bettwäsche ein, aber es sieht bestimmt sehr anregend aus. 30.08. 7:58 Uhr. Guten Morgen, mein Schatz. Sorry, wenn ich dich gestern Abend geweckt habe. Hoffe, du bist gut aufgestanden. Es fühlt sich an wie Herbst. Draußen! Aber in Herz und Bauch und tiefer ist's heiß. Gutenmorgenkuss. – 8:02 Uhr. Guten Morgen, geliebtes Herz. Der Duft deines Kissens hat mir den Schlaf versüßt. Wegen des ,tiefer' sollten wir deine freie Woche nutzen. Was meinst du? Kuss – ganz tief. Um 16:00 Uhr fahre ich zu IKEA. 10:51 Uhr. Das freut mich, dass es dir gut geht. Noch einen dicken Kuss. Sie wollte mitfahren zu IKEA, dann kam ein Handwerker zu ihr. Die Fließen auf der Kellertreppe werden erneuert. Sie mag es, bei IKEA zu stöbern. Meine Lieblingsbeschäftigung ist es nicht, im Kreis herumzulaufen. Ich suche immer den direkten Weg zu dem, was ich mir ansehen will. Und wenn ich dann so richtig erledigt bin, belohne ich mich am Ausgang mit einem Hotdog. Anschließend fuhr ich bei ihr vorbei. Ihrem Sohn brachte ich einen Hotdog und Köttbullar mit. Wir unterhielten uns in der Küche über alles Mögliche, auch über meine und ihre Verflossenen, während sie kochte. Spaghetti mit Erbsen und Lachs. Es schmeckte sehr gut. Sie schien etwas nachdenklich zu sein, sicher war dies der Situation geschuldet, insbesondere ihres Sohnes und dessen Empfindungen. Ich war zum ersten Mal bei ihr zu Hause. Sie erzählte mir von ihrem Gespräch mit ihm. Er meinte, seine Mama brauche einen Mann. Sein Vater wäre ja manchmal böse zu ihr gewesen. Ich denke, wir kommen miteinander zurecht. Nach dem Essen kam sie auf unseren Austausch während des Kochens zurück. Sie meinte, und in dem Moment da sie es mir sagte, überwog ein Gefühl der Kränkung, ich würde zu viel aufschneiden. Ich würde zu viel von meinen vergangenen Liebschaften erzählen und darüber, was ich für ein toller Mann sei. Es kränkte mich sehr, war es doch nicht meine Absicht mit

Frauengeschichten, die es so auch nicht gab, vor ihr zu prahlen. Ich versuchte ihre Reaktion zu verstehen. Eifersucht? Auf wen? Minderwert? Warum? Sie findet sich nicht schön, nicht attraktiv, erzählte sie zwischen den Worten am Telefon. Aller liebste Cora: Du bist schön und attraktiv. Noch kann sie nicht unterscheiden. Dass ich nur Frauen als Freundinnen habe, und dies in einem unschuldigen und ehrlichen Sinn gemeint, leuchtet ihr nicht ein. Ihr Erfahrungsschatz reicht tief. Erstens: Keine Frau gibt einen Mann freiwillig auf, keine gönnt ihm eine neue Liebe, jede will das neue Glück zerstören. Und Männer? Sie erzählte mir von einer persönlichen Erfahrung. „Sie (eine junge tschechische Haushaltshilfe) hat sich auf meinen Schoß gesetzt und rieb ihren Hintern an mir. Ich konnte nichts machen. Es ist einfach passiert." Wir vereinbarten, nicht mehr über alte Geschichten zu sprechen. Sie wäre gerne übers Wochenende ins Tessin gefahren, aber sie hatte keine Vorstellung wie dies so kurzfristig mit Kind und Hund zu bewerkstelligen sei. Ich richte mich nach ihr. Mein Zeitfenster ist offen. Ich akzeptiere die Situation wie sie ist. Ich mag sie sehr. Ich mag ihren Körper, ihren Duft, ihren Busen, ihre zarten Hände, ihre Lippen und ihre Haut. Ich bin mir sicher, wenn wir uns zum ersten Mal vereinigen, haben wir keine Fragen mehr. Wir hatten einen schönen Abend. Allerdings hätte ich sie sehr gerne überall berührt und eng an mich gedrückt. Sie hätte, so zappelig wie sie war, auch gerne mit mir gespielt. 22:55 Uhr. Mein Liebster. Schön, dass du nach IKEA noch zu mir gekommen bist. Ich habe den Abend total genossen. Ich weiß, dass es nicht unbedingt einfach ist, mich mit meinem ganzen ‚Drumherum' zu nehmen. Dafür danke ich dir. Egal, wie lange das zwischen uns dauert, du tust mir gut und du gibst mir das Gefühl, dass es richtig ist. Es ist schön mit dir zu reden, mit dir zu essen und mit dir Blödsinn zu machen. Du bist mir in dieser einen Woche unter die Haut und ins Herz gekrochen und in den Kopf dazu. Weiß nicht, in wessen Nähe ich mich zuletzt so wohl gefühlt habe. Danke, dass du mich magst, wie ich bin(Auch in grüner Strickjacke!) Tausend Küsse überall hin.- 23:05 Uhr. Jetzt weiß ich, was Glück ist. Danke für deine Liebe (n Worte). Ich freue mich auf jede Stunde mit dir. – 23:14 Uhr. Ich auch. Schlaf schön. Ich küsse dich durch die Nacht in den Morgen. Ihre letzte Nachricht hat mich sehr berührt. Tränen standen mir in den Augen. Wann hat sich eine Frau mir so offenbart, so geöffnet? Liebste Cora, ich mag dich mit allem Drum-und-Dran, ich habe dich sehr lieb. Vielleicht ist es mehr, aber das hat noch Zeit. Als ich gestern von dir ging, sagte ich dir, dass ich keine Pläne und keine Wünsche habe, nur dass ich mit dir schöne Stunden verbringen und die uns bleibende

Zeit genießen möchte. Liebe Cora, ich weiß, und deshalb danke ich dir, dass auch für mich wieder Liebe möglich ist. „Hört, hört." „Jackie, du störst." „Ich bin etwas erstaunt, dies aus deinem Mund zu hören." „Warum?" „Na, ein paar Seiten zurück hattest du noch die Vorstellung, dass dir Liebe ausgegangen sei. Aber ich freu mich für dich." Mein Bär hat natürlich Recht, vor mehr als einer Woche hätte ich es nicht für möglich gehalten, dass mein Herz sich derart in tiefe Gefühle vergräbt. Ich weiß, Liebe ist möglich, wenn wir sie zulassen, wenn wir offen aufeinander zugehen, gegenseitige Toleranz üben, uns respektieren, wie wir sind, und uns stets mit Höflichkeit begegnen. Jedem Menschen erscheint die Liebe, er muss sie aber auch erkennen und annehmen. „Schön, dass dir das widerfahren ist."

Brief vom 31.08.

Liebste Nora,

deine gestrige SMS zum Tagesausklang bewegt mich immer noch sehr. Deine Öffnung hin zu mir, dass du mich unter deiner Haut, in deinem Herzen und in deinem Kopf gekrochen siehst, berührt mich ganz tief. Deine Frage, in wessen Nähe du dich je so wohl gefühlt hast möchte ich mit meiner Frage beantworten: Gibt es eine schönere Liebeserklärung als deine Worte?

Um 5 Uhr bin ich aufgestanden, weil ich die ganze Nacht deiner Worte wegen, aber in einem sehr angenehmen und positivem Sinn, an dich dachte, dich umarmte, mich an dich schmiegte. Ich genoss jede Sekunde, wie hätte ich da weiter schlafen können. Ich überlege schon seit längerem, dass ich dem ‚Bären‘ ein weiteres Kapitel anhängen muss. Auch hatte ich eine Vorstellung davon, dass ich dem Leser eine Hoffnung übermitteln müsste. Aber der Schleier wollte die Idee nicht freigeben. Jetzt bin ich mir sicher, wie ich das Manuskript enden werde. Es besteht für jeden die Hoffnung auf Liebe, wenn man sich öffnet, diese zu erkennen, wenn man diese zulässt für sich, wenn man Neuem und Unbekanntem und vielleicht auch Ungewohntem eine

Chance gibt, wenn man Toleranz übt, dem geliebten Menschen Respekt und Hochachtung zollt, ihm mit Höflichkeit begegnet, ihn wachsen lässt und anerkennt, nicht einengt und stets lernfähig auf diesen zugeht. Denn Liebe ist da!

Das letzte Kapitel soll unsere Liebe ausdrücken. Ich werde mich bemühen, noch viele Bände unserer Zweisamkeit anzulegen. one month after, one year after, one life after.

Liebe Nora, ich fühle dich als einen ganz wichtigen Teil von mir.

31.08..7:15 Uhr. Guten morgen mein Schatz. Bin immer noch gerührt von deiner letzten SMS. So sehr, dass ich um 5 Uhr aufgestanden bin. Ich werde dem ‚Bären' ein weiteres Kapitel anfügen: Unsere Liebe. Ich hab dich ja so lieb. Ich könnte heute Abend Tortellini mit Käserahmsauce kochen. 13:39 Uhr. Also von meinem Sohn hat dein Vorschlag ein lautes AU-JAAA geerntet. Kuss. Am frühen Nachmittag telefonierten wir. Du warst den ganzen Morgen eingespannt. Spaziergang mit Leo, Besorgungen im Baumarkt, Einkauf beim Discounter. Du hast deinen eigenen Lebensrhythmus. Nach unserem Gespräch willst du noch mal mit Leo eine kleine Runde drehen, deinen Sohn zum Fußballtraining fahren und danach duschen. Du meintest es wäre schön, wenn ich um 18:30 Uhr kommen würde. Ich bin gespannt, wie lange ich das ertrage, auf Abruf zu erscheinen oder deine Zeitlücken zu schließen. Nora, ich möchte jetzt nicht wieder von ‚meinen Frauen' anfangen, aber bisher entschied ich, wann wer zu mir kommt. Da ich dich gern habe, werde ich das akzeptieren müssen, dein Leben hat andere Prioritäten. Ich weiß. Wir werden eine Regelung finden. In den ersten Tagen hast du die Meinung vertreten, dass du, eine moderne Frau, keinen Mann mehr im Haus haben will, da du für dich selbst sorgen kannst und dein Leben bestens meistert. Du meintest, dass du einen Mann nur noch für die schönen Stunden im Leben wünschtest. Ich enthielt mich der Stimme, kommentierte nicht, aber, ich dachte nach, was du mit den schönen Stunden gemeint haben könntest. Den ersten Gedanken, dass du lediglich einen Mann für deine erotischen Wünsche suchen würdest verwarf ich bald, erkannte ich doch, dass dein Bedürfnis sich auch auf andere Momente erstreckte. Gemeinsame Theater- oder Kinobesuche, Städtereisen oder Reisen im Allgemeinen, nach Baltrum oder ins Tessin, gemeinsam kochen, essen, blödeln und die gemeinsame Zeit harmonisch genießen. Die erotische Variante ist mir aber nicht unangenehm: Nora, ich möchte mit dir schlafen, du bist eine scharfe Frau! 01.09. 8:16 Uhr. Guten Morgen, wünsche dir einen schönen Tag. Hätte dich gerne in der Morgensonne dabei. Denk an dich. Nora. – 8:31 Uhr. Dir auch einen schönen Tag. Wäre schön, mit dir den Morgen zu genießen. Ich denke auch an dich. P.S. Das Werkzeug ist gerichtet. – 09:08. Den ersten Stress habe ich hinter mir. Ich denke an dich und es tut mir gut. Bin jetzt für ein paar Minuten ganz bei dir.-09:13 Uhr. Hmm. Spür dich fast. Umarme dich. Mein Liebster. Habe soeben wieder so einen Schmetterlingsanfall. Kann mein Glück manchmal gar nicht fassen. Kuss. – 11:41 Uhr. Nahm mir ein paar Minuten Zeit für dich. Schrieb dir ein Gedicht. Werde es dir schicken, mein aller liebster Schatz. Nach deinem Anfall brummen größere Tiere in mir.-14:14 Uhr. Schlimme gefährliche Tiere? Was bringt Rettung? – 14:17 Uhr. Nur du.- 14:18 Uhr. Hast du Angst vor den Schmetterlingen. Sind ganz lieb. – 14:25 Uhr. Keine Angst. Deine Schmetterlinge lassen die kleinen Bären wohltuend brummen. Ich halt das schon aus, aber deine zärtliche Hand könnte lindern helfen. – 14:31 Uhr. Dann denk dir meine Hand auf deinem Bauch .....Kuss für die Brummbären. Gegen Abend wollte sie anrufen. Wir brauchten zwei Versuche, um ein wenig miteinander zu reden. Ich

36

wich den Prioritäten. Liebe Nora, ich bin mir der Verantwortung für deinen Sohn bewusst. Er ist die wichtigste Person von uns Dreien, er darf weder enttäuscht noch verletzt werden. Ich liebe dich. Nach einer Flasche Rotwein sagt sich das so leicht. Ich hoffe, ich kann bald in dich eindringen, uns ein tolles Gefühl bereiten. Ich weiß, dass das gelingt. Noch habe ich eine Blockade? Warum? Wir werden sehen. Aber du weißt auch: Danach ist die Welt eine andere! Dann gibt es kaum noch Fragen. Cora ich brauche dich, ich will dich. Es wird alles gut und schön. Du bist mein Schatz, eine wunderschöne Frau. Ich will dich mit Haut und Haaren, mit deinem ganz DRUM-HERUM. 02.09. 07:51 Uhr. Guten Morgen, meine Schmetterlingsbraut. Geht es den kleinen Tierchen gut? Hab einen schönen Tag. - 09:41 Uhr. Mein Liebster, den Schmetterlingen geht es bestens, hoffe den Brummbären auch. – 9:43 Uhr. Ja mir geht es gut. Dank dir. – 12:19 Uhr. Geliebte, jetzt gehe ich durch die Stadt und denke wieder nur an dich. Bin ganz nah bei dir. – 13.30 Uhr. Deswegen geht es mir so gut. Tausend Küsse für dich. Vermisse deine Haut. Nachmittags brachte ich einen handgeschriebenen Brief zur Post. In diesem hatte ich ihr ein mit Herzblut geschriebenes Gedicht gewidmet.

Es liegt vor mir, ich fühle, ich kann's fassen,
es Lebens Glück und Freud'.
Werd' im Bestreben nie mehr lassen,
gelingt es morgen oder heut'.

In unseres Lebens Spiel
stets nur der Weg begangen wird,

denn kein Gedanke an ein Ziel
zu Zweisamkeit und Liebe führt.

Dem Schicksal möchte ich heut' danken,
dass unsre Wege sich verbinden,
mög's unsre Seelen um uns ranken
und ewig uns in Lieb' verwinden.

Kein Glück wird schöner je empfunden
als das, das kam, aus Himmel's Sphären,
drum lass uns nicht die Tief' erkunden,
wenn Engel unsre Liebe nähren.

Leider verfehlte das Geschriebene zunächst die gewünschte Wirkung, hatte ich in der Anrede nicht Liebe Nora, sondern Liebe Ruth geschrieben. Als ich sie um die Mittgaszeit anrief, meinen Missgriff noch nicht wissend, hoffte ich, dass mein Brief in ihren Händen sei, und war gespannt auf ihre Reaktion. Leider fiel sie nicht so aus, wie ich es mir erträumte. „Ich bin total am Boden zerstört. Wer ist Ruth?" „Wieso Ruth?" „Deinen Brief habe ich bekommen, aber in der Anrede steht ‚Liebe Ruth'." Ich war sprachlos. Wie konnte das passieren? Ich suchte Erklärungen. „Das ist eine Freud'sche Fehlleistung. Ich schreibe unsere Geschichte auf. Da habe ich dir den Namen Ruth gegeben. Ruth ist Nora und Nora ist Ruth." Ich bettelte förmlich, dass sie doch erkennen müsse, dass ich die Zeilen des Gedichtes ausschließlich für sie und nur im Denken an sie geschrieben habe. Ich hatte sie tief getroffen und sah keine Hoffnung. 02.09. 14:29 Uhr. Liebe Nora, ich bin untröstlich und traurig. Bin völlig ohnmächtig. Ich hab dich sehr lieb und muss nun das Schlimmste befürchten. Was hätte ich noch tun können? Noch einmal anrufen? Wozu? Ich hatte das Missverständnis erklärt. Nun lag es an ihr, mir zu glauben und mir zu vertrauen. Wie konnte das nur passieren? Natürlich gab und gibt es eine Ruth. Sie ist die Hauptperson in einer anderen Erzählung, an der ich schreibe. Sollte es Parallelen zwischen den beiden Frauen geben? Beide sind verschieden, äußerlich und vom Lebenszuschnitt. So etwas passiert, wenn man im Computerzeitalter einen Brief verfasst. So etwas darf nicht passieren. Seit meiner letzten SMS sind bange dreißig Minuten vergangen. Wird sie antworten? Wenn ja, was wird sie antworten? Um 15:05 Uhr vibriert mein Handy. Blödsinn, Schmetterlinge erholen sich gut von der Narkose. – 15:10 Uhr. Danke, mein Schatz, für dein Vertrauen. Als ich am späten Nachmittag nach Hause kam, lag eine Karte von ihr im Briefkasten. 01.09. Mein Liebster, im Gegensatz zu deinem wunderschönen eigenen Gedicht für mich, schicke ich dir einen trivialen Songtext, den ich inbrünstig im Chor singen werde. Danke für deine Liebe, deine Nähe, deine Fähigkeit, dich so schön in mein Leben einzufügen. Danke für deine schönen Worte und Briefe. Nora. Denn Text des Liedes ‚Jetzt oder nie‘ von Udo Jürgens hatte sie ebenfalls aufgeschrieben.

Wir müssen das Fliegen wagen,

dann wird uns der Mut auch tragen.

Und wenn vor uns Wolken liegen vertreiben wir sie.

Und wenn mal was schief geht, na dann, c'est la vie.

Und nun, gib mir deine Hände

verführ mich ohne Ende,

lass uns in Lust vergeh'n statt in Lethargie,

wir leben doch jetzt, jetzt oder nie.

15:22 Uhr - Danke für die wunderbare Karte. – Jetzt war ich beruhigt, sie hatte mir meinen Fehler verziehen (und wenn mal was schiefgeht ....) Ich werde ihr meine Hände reichen und sie verführen. Ja, das werde ich. 03.09. 08:04 Uhr. Guten Morgen, meine Schmetterlings-frau. Flatterst du schon? Flieg zu mir, ich spende dir fri-sche Blütenpollen. 09:32 Uhr. Guten Morgen mein Liebs-ter. Bin heute mal lang im Bett geblieben. Hab an dich gedacht und gehe jetzt mit meiner liebsten Fische-Freundin (mit Hunden) walken. Melde mich danach bei dir wegen heute und wegen des Wochenendes. Tausend Küsse. Gegen 12:00 Uhr rief sie an. Sie klang zögerlich, fragte, sie rief mich im Büro an, ob ich Zeit hätte. Dann sagte sie: „Ich habe Sehnsucht nach dir." Schön. „Habe mir was überlegt. Aber nur, wenn du willst. Du kannst ja das Wochenende bei mir bleiben. Ich habe keinen bestimmten Plan, aber wir wären zusammen." Was für ein wundervoller Tag. „Du machst mich sehr glücklich. Du lässt mich zu dir hinein. Ich spüre deine Liebe." Wer mich kennt weiß, dass ich nicht gerade gottesfürchtig bin. Aber zu besonderen Anlässen habe ich in der Vergangenheit mehrfach die Jesuitenkirche aufgesucht. Solche Anlässe waren Erkrankungen von mir nahe stehenden Personen, Gedanken an meine Kinder und meine eigene Erkrankung. Nach der mich sehr erfreuenden Einladung habe ich diese Kirche aufgesucht. Ich sprach ein Gebet, in dem ich um Kraft und Energie und Ausdauer nachgesuchte. Da ich Schwierigkeiten gerne aus dem Weg gehe, und hier sind einige Besonderheiten zu bedenken, wählte ich den Weg in das Haus Gottes. Gibt es Gott? Wer vermag eine fundierte Antwort darauf zu geben? Nur wer an die Existenz Gottes glaubt und in diesem Glauben lebt, sich manchem Zweifel aussetzt, ist sich seiner gewiss. Da ich eines solchen Glaubens nicht fähig bin, den Weg für mich offen, den Gottesgedanken für möglich halte, suche ich die Kirche immer wieder auf. Auch aus pragmatischen Gründen: An diesem Ort kann ich meinen Gedanken ungestört nachgehen. Ein Gotteshaus ist in unserer durch allgegenwärtige Kommunikation geprägte Alltagswelt ein Ort der Besinnung geblieben. Beim Mittagstisch, beim

Kaffee, sogar bei einem kurzen Schlaf auf der Parkbank in der Mittagspause findet sich stets ein wohl meinender Kollege, ein Freund oder ein Nachbar, der die Minuten des Privaten zu stören weiß. Noch wird der Rückzug in eine Kirche respektiert. Auch ohne festen Glauben vermögen innere Worte ihre Kraft zu entwickeln. Was man in Ruhe und Besonnenheit, im Angesicht des möglichen Allherrschers, durchdenkt, beeinflusst und fördert, so habe ich es empfunden, positive Gedanken. Diese sind für einen nachdenklichen Menschen wie mich von Nöten: Drei Kinder, zwei sich einbringende Väter, eine Vollzeit – Lehrerinnenstelle, ein Hund, zwei Katzen, reichlich Freundinnen und ein ausgebautes soziales Netz. Da gestatte ich mir, der ich allein und angenehm ungestört von Menschen, Tieren und Unruhe lebe, die Frage, ob - trotz allen Mögens und Gernhabens - mein Nervenkorsett, meine mentale Kraft und meine emotionale Leidensfähigkeit ausreichend belastbar sind. Was ist, wen nicht? Und noch etwas treibt mich um? Wo finde ich meinen Platz in diesem familiären Labyrinth? ‚Der Mensch braucht‘ a Platzerl, und wär's noch so klein, von dem er könnt sagen, des Platzerl ist mein,‘ klingt ein altes Wiener Lied in meinen Ohren. Ich hoffe, das wird sich finden. Es muss sich finden. Es geht um Bestand, es geht um Zukunft. Natürlich bedarf es keiner sofortigen Antwort. Eine Zukunftsplanung ist im Frühstadium der Schmetterlingszeit unangebracht. Frühe Erkenntnisse sollten aber ausgewertet werden. Auch hier sei der Hinweis auf Schiller erlaubt: Kurzer Wahn – lange Reu. Ich zündete eine Kerze an und verließ mit getrockneten Tränen den Ort der Ruhe.

Ich überlegte, was ich zu ihr mitnehmen sollte. Werkzeug für die Garderobenbretter, Bohrhammer, Akku - Schrauber, Werkzeugkasten, Kleidung, Jeans, Schlafanzug, Unterwäsche, Kulturbeutel, Laptop, Noten fürs Klavier, ein Buch (Siegfried Lenz, Wasserwelten), Hackfleisch, ich wollte am Abend Frikadellen mit Erbsen und Karotten kochen, Rennrad. Um 16:30 Uhr war ich bei ihr. Nach einem längeren Spaziergang mit Leo besuchten wir ein kleines Kino in Hemsbach. In der BRENNESSEL, einem kleinen Kino mit Plüschsitzen, mit Sofas aus Großmutters Zeit führten sie den Film ‚Der kleine Nick' vor. Cora meinte, ob mir das überhaupt Spaß machen würde, mit ihr und ihrem Sohn einen solchen Film anzusehen? Ach Cora, es war ein wunderschöner Abend mit einem amüsanter Film. Eine nachdenkliche, kindliche Episode erinnerte mich an die eigene Kinderzeit, an die Wünsche und Ängste im Elternhaus.. Warum sollte mir das nicht gefallen? Zu Hause redeten wir noch etwas, tranken einen Rotwein, schauten uns tief in die Augen und gingen bald zu Bett.

Uns war nicht mehr nach Reden, uns war nach Nähe, Haut an Haut, nach Verbundenheit, Gefühl in Gefühl und nach Herz, Rausch in Rausch. Trotz unseres unbändigen Hungers aufeinander konnte sich unsere leidenschaftliche Sehnsucht nicht erfüllen, nicht entladen: Bei Cora stellte sich die monatliche Unpässlichkeit ein, ein Zustand, in der ihr intime Nähe unzuträglich ist. Ich respektierte ihren Wunsch und empfand im Warten auf Vereinigung eine weitere Prüfung. Unsere Sehnsucht aufeinander, der Wunsch nach sexueller Zweisamkeit steigerte sich ins Unermessliche. Auch dieses Warten musste für etwas gut sein. Samstags frühstückten wir zu dritt. Bei einer nahen Bäckerei holte ich frische Brötchen. Cora hatte, als ich zurück kam, frische Orangen und Zitronen ausgepresst und Vier-Minuten-Eier gekocht. Liebe Cora, ich habe verstanden. Mir zuliebe kauftest du Orangen, mir zuliebe kochtest du Eier. Und etwas anderes muss ich anfügen: Ihr Sohn will seit jenem Morgen auch des Öfteren frisch gepressten Orangensaft zum Frühstück. Nach dem Morgenkaffee, sie trank Tee, erledigte sie Einkäufe und begleitete ihren Sohn zum Fußballspiel. Ich fuhr mit dem Zeitfahrrad eine Stunde auf der Landesstraße 3111, eine tolle Strecke für eine rasante Fahrt. Als ich geduscht hatte, nahm ich mich ihrer Garderobenbretter an. Drei acht Zentimeter breite und zwei Meter lange, rot gestrichene

Bretter wollten, mit Knöpfen und Haken versehen an einer Wand im Flur angebracht werden. Wir besprachen zunächst die Positionen der Kleiderhalter und, als dies durch Bohren und Schrauben erledigt war, die Wandmontage. Es hat mir Spaß gemacht, meine Nützlichkeit zu einzubringen. Am Abend kochte ich Frikadellen. Wir aßen zusammen, tranken Rotwein und unterhielten uns gut. „Ich finde immer noch keinen Haken an dir." Und mich schreckt nichts ab. Ich wunderte mich über meine Gelassenheit, ich wünschte nicht nach Hause zu fahren, ich fühlte mich wohl in ihrer Nähe. Wir saßen uns am großen Tisch gegenüber, hatten unsere Arme auf die Tischplatte gelegt und uns an den Händen gefasst. Wir sahen uns in die Augen und spürten unser Näherkommen. In diesem Augenblick glaubte ich, sie zu lieben und liebkoste sie in den Schlaf. Oh wie bin ich ihr nah, wie fühle ich sie in mir. Am nächsten Morgen bereitete ich das Frühstück. Frische Brötchen, Schokocroissant und Rühreier. Nachmittags besuchten wir den Hermannspark in Weinheim. Sie zeigte mir ihre Lieblingsstauden und Blumen und freute sich merklich an der blühenden Natur. In der Fußgängerzone genossen wir die wärmende Sonne und uns bei Kaffee und Kuchen. Später ging sie mit Leo eine kleine Runde und besuchte ihre Mutter. Ich trank derweil ein Glas Rosé und notierte meine Gedanken: Ich könnte mir vorstellen, mein Leben mit ihr zu teilen. Ich fühle sie ganz nah, jede Berührung erregt mich in meiner Seele und in meinem Herzen. Hermann Hesse schrieb: Wer lieben kann, ist glücklich. Ich bin es. Ja, ich bin es. Abends gab es erste Verwerfungen. Warum? Eine Freundin schickte mir eine SMS, dass sie Steinpilze gefunden und alle geputzt hätte. Sie würde mir gerne ein paar von den Exemplaren anbieten. Als ich dies Cora erzählte, verstand ich ihre Reaktion zunächst nicht. Sie wolle nicht ständig hören, was für ein toller Mann ich sei und welche Frauen hinter mir herlaufen würden. Das verletzte mich dann doch. Verstand sie nicht, dass es eine wirkliche Freundin, im wahrsten Sinn des Wortes, ist? In welchen Kategorien denkt sie? Würde ich ihr von einer Geliebten neben ihr, so ich denn eine hätte, erzählen? Für wie dumm hält sie mich? Ich versuchte ihre Reaktion einzuordnen. Hatte ich sie verletzt? Füllten alte Bilder ihr Bewusstsein und verknüpfte sie diese mit dem Jetzt? Ich versuchte zu verstehen und meinte, ich hätte Geduld, ich hätte Verständnis, wenn sie, wie sie sagte, in ein altes Fahrwasser, zurückkehrte. Darauf meinte sie barsch, ich sei nicht ihr Therapeut. Cora, das hat mich sehr gekränkt. Ich wollte einfühlsam sein und du gabst mir eine verbale Ohrfeige. Ich überlegte einige Sekunden, wie ich darauf antworten sollte. Wollte ich mir das antun? Muss ich mir das antun? Diese weiblichen Reaktionen, ich bezeichne sie gerne als ZICKEN-KRAM, brauche ich nicht! Ich fragte sie, eine ebenso dumme Reaktion, ob ich nach Hause fahren soll. Ja, Cora, ich wäre gefahren. Ich kenne mich. Wenn mir etwas gegen den Strich geht, ich mich nicht wohl fühle, unfaire Antworten erhalte, mein ICH verletzt wird, dann reagiere ich in dieser Weise. Liebe hin oder her, das brauche ich nicht. Du hast mit einem leisen NEIN geantwortet. Unser nachfolgendes Terrassengespräch glättete die Wogen. Hättest du mir deine Irritationen, die nichts mit mir zu tun hatten, zuvor mitgeteilt, hätte das nicht geschehen müssen. Du erzähltest mir, dass der Vater deines Sohns diesen nach ‚Mamas neuem Freund' ausgefragt hätte, dass du dich geärgert, dass du mit ihm telefoniert hättest. Auch meintest du, dass dein Sohn darunter leiden würde. Ich verstehe deine Reaktion, aber muss ich meine Wange für andere hinhalten? Ich meine. nein. Wir werden sehen, wie wir in Zukunft damit umgehen. Noch einmal möchte ich derartiges nicht erleben. Ich suche Harmonie und keine Diskussionen. Mit ihrem Sohn habe ich dann etwas Fußball gespielt. Er brauchte das, um seinen Frust abzubauen. Er bekam einen Ball auf die Nase und später, als wir um den Ball kämpften, eine Hand von mir ins Gesicht. Er trug es mit männlicher Fassung. Abends schauten wir gemeinsam eine DVD an. Barfuß - mit Til Schweiger. Ich bat Nora, sich um Ihren Sohn zu kümmern. Ich fand mich zum ersten Mal ohne Platz, störend, er brauchte seine Mutter. Auch wenn ich nicht dein Therapeut bin, ich werde Geduld haben, meine Schmerzgrenze ist noch nicht erreicht. Jetzt sitze ich in ihrem Schlafzimmer, eine ihrer Katzen liegt neben mir, die andere spielt mit einem Flaschendeckel. Ich habe mich beruhigt. Ich habe kein Verlangen nach meiner Wohnung, es fehlt mir nichts. Vielleicht mein Bass? Nebensächlichkeiten? 06.09. 21:25 Uhr Mein Liebster. Du tust mir so gut. Habe meine Wohnung und meine Wäsche gemacht und mit meinem großen Sohn geredet. Alles ist gut. Und ich fühle mich wohl und glücklich. Wohlig müde und wohl in meinem Körper, der geliebt wird und so viele Streicheleinheiten bekommen hat. Ich danke dir für diese Tage, dass du dich darauf eingelassen hast.. Hoffe, du spürst mich noch ein bisschen und es geht dir gut. Ich küsse und umarme dich. - 07.09. 07:43 Uhr.. Oh wie schön, dass wir den Sommertag gestern noch so gut genutzt haben. Ich habe es genossen. Kuss für den Tag. - 08:19 Uhr. Dachte auch, dass uns Glücklichen gestern ein wunderschöner Tag geschenkt wurde. Denk an Dich. Kuss. - 08:45 Uhr. Schmetterlinge sind glücklich. -09.08 Uhr. Das ist sehr schön. - 23:15 Uhr. Hab dich lieb, bin ein Teil von dir. - 23:16 Uhr. Schlaf gut. Gutenachtkuss. Morgen wieder

Haut an Haut. Freu mich drauf. Küss dich durch die Nacht. 08.09. 07:11 Uhr. Guten Morgen mein Schatz. Deine Küsse taten mir heute Nacht gut. Ich denke an die Schmetterlinge. Ich freue mich, dich heute Abend zu sehen. Einen zärtlichen Kuss in den Nacken. 07:29 Uhr. Die Schmetterlinge haben gestern ‚rumgezickt' und schämen sich ein wenig. Du bist so lieb, der Nackenkuss macht die Schmetterlinge ganz albern. Kuss. 08:56 Uhr. Liebe Nora, geliebtes Herz. Habe große Sehnsucht nach dir. -09.09 Uhr. Ich auch nach dir. - 11:15 Uhr. Bin um 19:00 Uhr bei dir. Drück dich ganz fest. - 11:47 Uhr. Dein Drücken tut mir gut. 19:00 Uhr prima. Es gibt Nudeln, Monte e Mare. Freu mich. – 13:33 Uhr. Freue mich sehr auf heute Abend. Pünktlich um 19:00 Uhr traf ich bei ihr ein. Ihr Sohn spielte am Brunnen am Haus gegenüber Fußball. Er hat mir zugewinkt und erzählt, dass seine Mannschaft in einem Freundschaftsspiel 10:1 gewonnen hat. Ihrem großen Sohn bereitete sie das Abendessen zu. Eine große Schüssel Salat mit Tunfisch, als Zugabe briet sie Hähnchenbrustfilet. Er ist Sportler und isst abends keine Kohlenhydrate. Für uns drei kochte sie Spaghetti mit Scampi und Pilzen, sie nannte es Monte et Mare. Nach dem Essen räumten wir zusammen die Küche auf, tranken zur Einstimmung auf das Kommende ein Glas Sekt, saßen uns an ihrem Esstisch gegenüber und unterhielten uns. Ich sollte sagen, wir versuchten ein Gespräch zu führen, denn telefonische Störungen wechselten sich ab. Die Schwester aus Bremen, deren Tochter, die eine Spanisch-Aufgabe korrigiert haben wollte, Cora spricht sehr gut spanisch, und irgendeine Versicherung, die ihr Geld anlegen wollte. Und zwischen den Gesprächen forderten die beiden Söhne und die Tierfamilie Aufmerksamkeit. Ich durfte den Trubel nach einem anstrengenden Arbeitstag ertragen. Da es mir zu viel wurde, ging ich ins Bad, duschte mich, putzte meine Zähne und ging zu Bett. Allmählich kehrte Ruhe im Haus ein. Cora schaffte eine angenehme und liebevolle Atmosphäre, zündete einige Kerzen an und kam mit reichlich Zeitverzögerung, der guten Körperpflege wegen, ins Schlafzimmer. Unsere Nacht begann. Nackt beugte sie sich über mich, ihr Busen strahlte mich an. Ich berühre ihn zärtlich mit meinen Lippen, streichele ihre kleinen Erhebungen, sauge sie in mich. Ich massiere ihren zarten Po und drücke sie näher an mich heran. Dann berührt sie mich mit ihrer intimsten Stelle und spielt mit mir. Als ich nach meinen Kondomen greifen will, meinte sie, dass das heute nicht nötig ist, da heute der einzige Tag ist, an dem nichts passieren kann. Ich glaube ihr und bin froh, ich hatte mit den Gummischützern noch nie rechte Freude: Wir küssten und umarmten uns, nebeneinander, hintereinander, über- und untereinander liegend. Als ich meine Lippen ihrem Hals nähere und bis zu ihren Ohren eine zärtliche Linie streiche, empfange ich ihren pulsierenden Atem. Ich drehe sie auf den Rücken und liege zwischen ihr. Eine Welle des Wohlseins umspült uns, ein lang andauernder Sturm erhebt uns und ein milder Wind streift über unsere erhitzen Körper. Als sie auf mir saß, genoss sie meine Angespanntheit und meinte: Jetzt hab' ich dich! Ja, und wie du mich hast! Du auf mir, ich in dir, feucht empfangen, und verschlungen, in meinen Händen ihre festen Brüste, nah an meinem Gesicht. Wir genießen uns. Als sich die Böen beruhigten, legte sie sich in meinen Arm, schmiegte sich an meinen Körper und schlief mit ruhigen Atem an mir ein. Am frühen Morgen entdeckten wir unsere Körper zärtlich wieder. Wir berührten uns und erfüllten uns erneut. Zum Frühstück gönnte ich mir Kaffee, Pumpernickel mit Frischkäse und Marmelade. Sie blieb auf meinen Wunsch im Bett liegen. Zum Abschied küsste und umarmte ich sie. 09.09. 7:19 Uhr. Mein Liebster. Hoffe du bist gut ins Büro gekommen und es geht dir so gut wie mir. Ich bin sehr verliebt und die Schmetterlinge tanzen. Du bist ein wunderbarer Mann. Tausend Küsse. – 07:51 Uhr. Liebe Nora. Auch du bist eine ganz tolle Frau. So eine liebevolle Frau ist der Deckel zu meinem Topf. – 11:22 Uhr. Liebster. Bin durch und durch erfüllt. Spüre dich überall, auf, unter, bei und in mir.-16:59 Uhr Herz-Aller-Liebster. Habe dir gar nicht gesagt, wie schön deine Augen sind und was für ein Glück ich hatte, dir begegnet zu sein. Es ist tatsächlich unfassbar für mich, dass so ein wunderbarer Mann in mein Leben geschneit ist. Kuss. - Ist das Liebe? „Du kannst fragen? Natürlich ist das Liebe!" Ach Jackie. Vor ein paar Tagen hat sie mir in Erinnerung an unsere erste Nacht ein Gedicht von Pablo Neruda aufgeschrieben.

Der heutige Tag war ein voller Becher,
der heutige Tag war die gewaltige Welle,
heute, das war die ganze Erde.

Heute hob das stürmische Meer
in einem Kuss uns so hoch,
dass wir erzitterten im Licht eines Blitzes
und aneinander abwärts schossen,
um unterzugehen, ohne uns loszulassen.
Heute dehnten sich unsere Körper aus,
wuchsen bis an die Grenze der Welt
und rollten, verschmelzend fort
in einem einzigen Tropfen Wachs,
einem einzigen Meteor.

Zwischen Du und Ich ging eine Tür auf,
und jemand, noch ohne Gesicht
stand da und erwartete uns.

„Wie heißt das Gedicht. Es ist sehr schön."

8. September.

Zeitfracht Medien GmbH
Ferdinand-Jühlke-Straße 7
99095 Erfurt, Deutschland
produktsicherheit@kolibri360.de